ALFAGUARA
INFANTIL-JUVENIL

MARÍA ELENA WALSH

Versos tradicionales para cebollitas

Ilustraciones
VIVIANA GARÓFOLI

1974, María Elena Walsh

De esta edición

2000, Aguilar, Altea, Taurus, Alfaguara S.A.
Av. Leandro N. Alem 720 (C1001AAP)
Ciudad de Buenos Aires, Argentina

ISBN 10: 950-511-632-2
ISBN 13: 978-950-511-632-4

Hecho el depósito que marca la Ley 11.723
Libro de edición argentina.
Impreso en México. *Printed in México.*
Primera edición: septiembre de 2000
Octava reimpresión: enero de 2008

Dirección editorial: Herminia Mérega
Subdirección editorial: Lidia Mazzalomo
Edición: María Fernanda Maquieira
Seguimiento editorial: Verónica Carrera
Diseño y diagramación: Michelle Kenigstein

Una editorial del Grupo **Santillana** que edita en:
España • Argentina • Bolivia • Brasil • Colombia
Costa Rica • Chile • Ecuador • El Salvador • EE.UU.
Guatemala • Honduras • México • Panamá • Paraguay
Perú • Portugal • Puerto Rico • República Dominicana
Uruguay • Venezuela

Versos tradicionales para cebollitas

A la memoria de mi mamá,
que decía la fórmula:

Zeta bayeta
Martín de la cueta,
me dijo mi madre
que tenía un buey
que sabía arar,
que sí, que no,
que en ésta está.

A la memoria de mi papá,
que cantaba:

Doña Maríbiga
se cortó un débigo
con la cuchíbiga
del zapatébigo...

QUERIDOS CHICOS:

Ustedes reciben distintos apodos según la región del planeta y el tiempo en que les toque vivir. Así por ejemplo, en España son los *peques*, en el Uruguay, los *botijas*, en el Noroeste argentino, los *changos*. Hace tiempo, en el lenguaje popular de Buenos Aires solían llamarlos *cebollitas*, y ése me pareció un lindo sobrenombre.

Pues bien, queridos cebollitas, cuando ustedes dicen:

El burrito del teniente
lleva carga y no la siente,

o

Vigilante,
barriga picante,

están "haciendo folclore". Porque repiten unos versos que vaya a saber quién inventó, y que han heredado de sus mayores. Versos, dichos y refranes que chicos y grandes recuerdan, no por obligación, sino por costumbre y por juego.

Muchos de los versos de este libro no fueron creados especialmente para ustedes, pero yo espigué los que supuse que podían gustarles. Como algunos tratan temas históricos, religiosos o un poquito difíciles, creo que este libro está destinado a los escolares y no a los más chiquitos.

Esta poesía es de ustedes, no sólo para ustedes. Es propiedad de todos los chicos de Hispanoamérica, como las flores del campo que no tienen guardián. Ustedes son sus herederos y custodios. Si algún día los chicos no cantaran más *La farolera* o *Mambrú* (que no figuran aquí por demasiado conocidos) sería tan triste como que todos los grillos se callaran o las luciérnagas apagaran para siempre sus farolitos.

Estos versos quieren ir a la escuela, pero sobre todo quieren meterse en el corazón de los chicos. Y en el de los padres, para que se los digan o canten a sus hijos.

Si no sabemos quiénes escribieron estos versos, sabemos, eso sí, quiénes se ocuparon de juntarlos y publicarlos para que no se perdieran en el olvido. Estos recopiladores, hombres y mujeres estudiosos y, lo que es más importante, enamorados del canto rústico de nuestro pueblo, agruparon por temas las coplas sueltas y los fragmentos de poesías que se contaban en las largas noches de campo. Esta agrupación es un tanto caprichosa en el sentido de que una serie de estrofas numeradas, como están aquí, no configuran una poesía, sino que sólo son piezas sueltas de un gran rompecabezas ordenado para facilitar su clasificación. De modo que ustedes pueden ordenarlas y recordarlas de otra manera. Las bagualas y las vidalas, por ejemplo, no tienen una letra establecida como las canciones modernas, sino que el cantor elige las coplas que mejor recuerda en ese momento o las que mejor sirven a su estado de ánimo. Por ejemplo, cuando ande triste cantará:

> *Esta cajita que toco*
> *tiene boca y sabe hablar.*
> *Sólo le faltan los ojos*
> *para ayudarme a llorar...*

Para armar este libro he recordado versos que oí en España y en el Noroeste argentino. Y también he consultado, entre otras, obras de Juan Alfonso Carrizo, Rafael Jijena Sánchez, Carlos Vega, Juan Draghi Lucero, Olga Fernández Latour, Guillermo A. Terrera, Bonifacio Gil, Dámaso Alonso, Eduardo M. Torner, Delia Travadelo, José Luis Lanuza, Horacio J. Becco, Manuel J. Castilla, Bernardo Canal Feijóo, Oreste de Lullo, Jorge W. Ábalos, Julio Aramburu, Germán Berdiales, Isabel Aretz, León Benarós y Andrés Fidalgo.

Todos ellos merecen nuestra gratitud por ayudarnos a conservar este tesoro.

M. E. W.

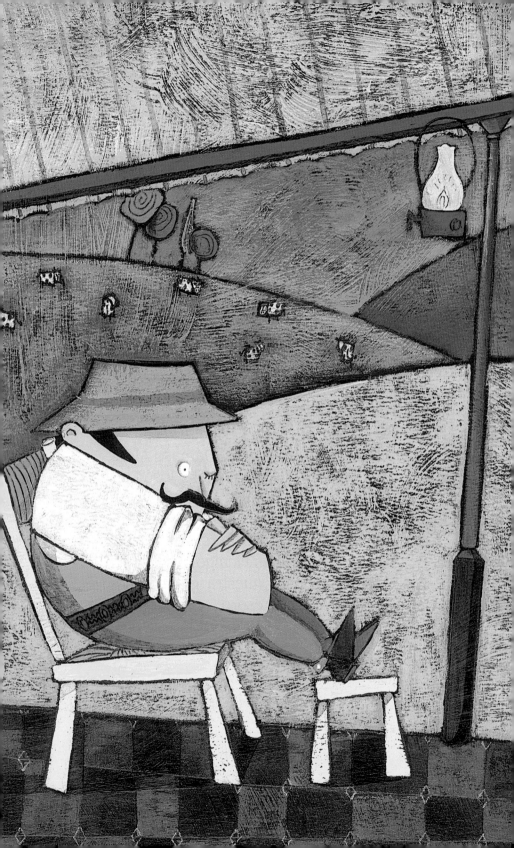

EL VIEJO TOMÁS PAREDES

Para alegrar la reunión
con el permiso de ustedes,
les voy a contar el cuento
del viejo Tomás Paredes.

Hombre rico por demás
y de fortuna cerrada:
mucho campo, muchas vacas
y mucha plata enterrada.

Cuando quería comer
sus vacas no estaban buenas.
Para comer carne gorda
volteaba vacas ajenas.

Dormía de un solo ojo
para soñar más barato
y no salía a pasear
por no gastar los zapatos.

Para lavarse la cara
esperaba que lloviera
y escribía sus apuntes
en unas hojas de higuera.

Fumaba piola picada
y hacía vino de tomate
y en unos botines viejos
este hombre tomaba mate.

Montaba desde una silla
por conservar los estribos
y una vez perdió un dinero
por no entregar el recibo.

Al final en un arroyo,
pues no quería dar nada,
por no dar un grito fuerte
lo llevó la correntada.

UN CAZADOR

Un cazador, cazando,
    perdió el pañuelo,
y después lo llevaba
    la liebre al cuello.

El perro, al alcanzarla,
    se lo arrebata
y con él se hace el nudo
    de la corbata.

Al cazador, la liebre,
    muerta de risa,
le quita la escopeta
    y la camisa.

El cazador se queda,
    ay, qué pirueta,
sin camisa, sin moño,
    sin escopeta.

UN, DON, DIN

Un, don, din,
de la poli poli tana.
Un cañón
que pasaba por España.

—Niña, ven aquí.
—No me da la gana.
Un, don, din,
de la poli poli tana.

EL BURRO ENFERMO

A mi burro, a mi burro
le duele la cabeza.
El médico le ha puesto
una corbata negra.

A mi burro, a mi burro
le duele la garganta.
El médico le ha puesto
una corbata blanca.

A mi burro, a mi burro
le duelen las orejas.
El médico le ha puesto
una gorrita negra.

A mi burro, a mi burro
le duelen las pezuñas.
El médico le ha puesto
emplasto de lechugas.

A mi burro, a mi burro
le duele el corazón.
El médico le ha dado
jarabe de limón.

A mi burro, a mi burro
ya no le duele nada.
El médico le ha dado
jarabe de manzanas.

COPLAS DE LA PERDIZ

1

Cuando la perdiz silba
   y el cielo añubla
dicen los santiagueños:
   "Lluvia segura".

2

Cuando la perdiz canta
   nublado viene.
No hay mejor seña de agua
   que cuando llueve.

3

Vuela la perdiz, madre,
   digo y acierto
que las flores consuelan
   en el desierto.

4

Vuela la perdiz, madre,
    tajeando el viento.
Murió el gato de envidia
    y aburrimiento.

5

Salta la perdiz, madre,
    la voladora,
le han cortado las alas
    ¡que vuele ahora!

6

Vuela la perdiz, madre,
    por los cardales,
con sus alas desvía
    los peores males.

DON JUAN DE LA BELLOTA

Don Juan de la Bellota
que tiene la pipa rota
¿con qué la compondrá?
Con el palo palo pá.

—¿Adónde está el palo?
—El fuego lo quemó.

—¿Adónde está el fuego?
—El agua lo apagó.

—¿Adónde está el agua?
—La vaca se la bebió.

—¿Adónde está la vaca?
—El carnicero la carnió.

—¿Adónde está el carnicero?
—El vigilante se lo llevó.

—¿Adónde está el vigilante?
—En la calle veintidós.

—¿Adónde está la calle?
—Eso sí que no sé yo.

NIÑAS BONITAS

—Niñas bonitas,
¿para dónde van?

—Buen zapatero,
vamos a pasear.

—Niñas bonitas,
los zapatos romperán.

—Buen zapatero,
usted los compondrá.

—Niñas bonitas,
¿cuánto me pagarán?

—Buen zapatero,
un beso y nada más.

GATO[1] CON RELACIONES

Ella:
Ahora que estamos juntos
una pregunta le haré:
¿Cuántos pelos tiene un gato
cuando acaba de nacer?

Él:
De la pregunta que me hace
la respuesta le daré:
si no ha perdido ninguno
todos los ha de tener.

Ella:
Desde que te vi venir
te conocí en el apero.
Gallo de tan pocas plumas
no vuela en mi gallinero.

---

[1] Danza tradicional argentina.

Él:
Me dices de pocas plumas
y en verdad tienes razón,
porque vos me las robaste
para hacerte tu colchón.

Él:
Le vu'a pedir cuatro cosas
si es que las merezco yo:
una be con una e
y una ese con una o.

Ella:
Válgame Dios de los cielos
qué mozo tan imprudente,
ponerse a pedir besitos
delante de tanta gente.

Él:
Cuando pasé por tu casa
me di un fuerte tropezón
y no viniste a decirme:
—Levantate, corazón.

Ella:

Cuando te vide caer
lo mismito que una piedra
te dijo mi corazón:
—Levantate como puedas.

EL QUE VA A SEVILLA

El que va a Sevilla
pierde la silla.

Y el que vuelve y lo pilla
le da por las canillas
con una varilla.

LA HUELLA

A la huellita huella
   dame la mano
como se dan la pluma
   los escribanos.

A la huellita huella
   ay, que no puedo
decirte con palabras
   lo que te quiero.

A la huellita huella
   patas de tero,
no le digas a nadie
   que yo te quiero.

A la huellita huella
   dense los dedos
como se dan la mano
   los carpinteros.

A la huellita huella
se hunde la luna
y va corriendo el agua
pa'la laguna.

A la huellita huella
baile contenta
que bailando se va
la pena afuera.

El gobernador de Cádiz
ha tenido la locura
de ponerle cascabeles
al tacho de la basura.

Al gobernador de Cádiz
le ha dado por la manía
de ponerse el camisón
de su cuñada Lucía.

Al gobernador de Cádiz
le está doliendo una muela
y quiere que se la curen
con jarabe de ciruela.

Al gobernador de Cádiz
le han salido tres chichones
y quiere que se los curen
con compota de orejones.

Al gobernador de Cádiz
le están haciendo un retrato,
subido en una repisa
y abrazadito a su gato.

COPLAS CON ANIMALES

—Pajarillo picoteando,
yo te ruego y te suplico
de cortarme por favor
una rama con el pico.

El pájaro contestó:
—No te la puedo cortar
porque mi pico es muy fino
y se me puede quebrar.

Dónde está aquel pajarillo
que canta sobre el limón.
Anda y dile que no cante
que me roba el corazón.

Yo soy como la chicharra,
corta vida y larga fama,

y me lo paso cantando
de la noche a la mañana.

Una vizcacha me asusta,
un tero me pega un grito,
y una lechuza me dice
tas tarastás con el pico.

El tero-tero se viste
de caballero
con levita morada,
sombrero negro.

A la orilla del arroyo
gritando está el tero-tero.
No grita porque tiene hambre
sino por cuidar los huevos.

En la falda de aquel cerro
llora triste un gavilán.
No llora porque tiene hambre
sino porque es animal.

¡Amalaya quién me viera
en el campo de Chicuana,
donde relincha el quirquincho
y cacarea la iguana!

Al pasar el arroyo
de las perdices
agarré un peludito
por las narices.

En el corral de piedras
tuvo una iguana
cinco iguanitas negras
y una alazana.

El sapo con el coyuyo[1]
se convidan a una farra.
El sapo toca la flauta
y el coyuyo, la guitarra.

A orillas de una laguna
estaba un sapo con otro.
Uno estaba de levita
y el otro de bota'i potro.

Yo soy paloma del cerro
que voy bajando a la aguada;
con las alitas la enturbio
para no tomarla clara.

Los sapos de la laguna
huyen de la tempestad.
Los chiquitos dicen tunga
y los grandes tungairá.

[1] Coyuyo: cigarra grande.

Los gallos cantan al alba,
yo canto al amanecer.
Ellos cantan porque saben,
yo canto por aprender.

Dos palomitas lloraban
en medio'e la Cordillera.
Una lloraba verano,
la otra llora primavera.

De la punta de aquel cerro
baja un torito balando.
En los cuernos trae invierno
y en el balido verano.

Yo vide un sapo volar
arriba de una laguna.
Vino el pato y se almiró
de verlo volar sin plumas.

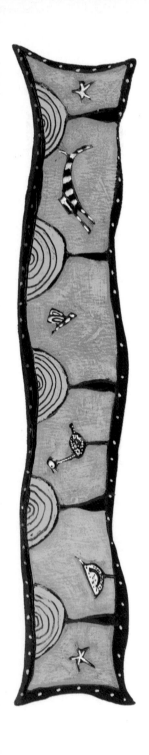

VAMOS AL BAILE

"Vamos al baile",
dijo el fraile.

"No tengo ganas",
dijo la rana.

"Invitemos al león",
dijo el ratón.

"Pero es muy lejos",
dijo el conejo.

"De aquí hay cien leguas",
dijo la yegua.

"¿Por qué camino?",
dijo el zorrino.

"No por el cerro",
les dijo el perro.

"Ha'i ser un rancho",
dijo el carancho.

"No tiene alero",
dijo el jilguero.

"No tiene luz",
dijo el avestruz.

"Hay un candil",
dijo el alguacil.

"Ganaremos la delantera",
dijo la pantera.

"¿Y si me aburro?",
les dijo el burro.

"Habrá muchachas",
dijo la vizcacha.

"Todas son viejas",
dijo la comadreja.

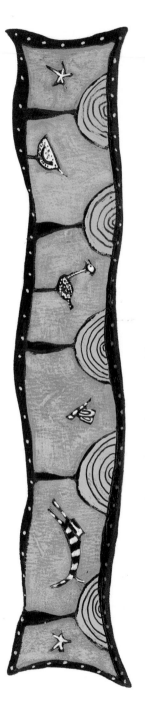

"Basta de lata",
dijo la cata[1].

"A que me enojo",
les dijo el piojo.

"Voy por la loma",
dijo la paloma.

"Me duele el cogote",
dijo el chilicote[2].

"Tengo sarampión",
dijo el gorrión.

"Me duele un callo",
dijo el caballo.

"Me han roto la uña",
dijo la chuña.

"Y a mí un diente",
dijo la serpiente.

[1] Cata: cotorra.
[2] Chilicote: grillo.

MI MORENA

Tiene mi morena
tan chiquita boca
que en ella le caben
dos platos de sopa,
cuarenta pepinos,
diez mil calabazas,
y en serio les digo:
un montón de pasas.

A la pobre chica
le dio la viruela,
calentura mala
y dolor de muelas.
El doctor le dio
la zarzaparrilla,
jarabe de piña,
té de manzanilla.

Capitán de barco
le mandó un papel

a ver si quería
casarse con él.
Ella le responde
por medio del mar
que para casarse
tiene que comprar
naguas con tiritas
y otro delantal.

Tirita por delante,
tirita por detrás.
Adiós que me voy
y no vuelvo más.

"REMATES" Y ESTRIBILLOS

Soy de Salta
y hago falta.

Soy salteño,
libre y dueño.

Naranja de Orán.
Cuando me vaya
me recordarán.

Eva Duarte,
quiero hablarte.

Cerveza y anís.
Dónde te has ido
que recién venís.

Olas del mar,
no las he visto,
las oigo llorar.

Flor de granada.
Porque soy pobre
no valgo nada.

Catorce años,
buen tamaño.

Ya ha llegado el tren
a Buenos Aires
y a Salta también.

La flor, la flor,
tuyo es mi amor.

No quiere llover:
pasa una nube
y se vuelve a perder.

Flor de malva,
suerte al alba.

Palo'i leña, palo'i leña,
memorias de una salteña.

Ladren perros, canten gallos
para saber dónde me hallo.

Mes de enero
y yo la quiero.

No hay pago mejor:
Salta es la planta
y Cachi la flor.

QUE LLUEVA

Que llueva, que llueva,
la vieja está en la cueva.
Los pajaritos cantan,
las nubes se levantan.
Que sí, que no,
que caiga un chaparrón.

Agua, San Marcos,
rey de los charcos,
para mi triguito
que está muy bonito;
para mi cebada
que ya está granada;
para mi melón
que ya tiene flor;
para mi sandía
que ya está florida;
para mi aceituna
que ya tiene una.

San Isidro,
barbas de oro,
ruega a Dios
que llueva a chorros.

LA CIUDAD DE JAUJA

En Jauja no hay limosneros,
que todos son caballeros.

Los árboles dan levitas,
pantalones y botitas.

Los lunes llueven jamones,
perdices y salchichones.

El perro, el ratón y el gato
comen en un mismo plato.

Como no hay que trabajar
sólo piensan en bailar.

Las calles de azúcar son
y las casas de turrón.

A manos de los chiquillos
se acercan los pajarillos.

Cuando nieva son buñuelos,
bizcochos y caramelos.

Tiene coches muy bonitos
tirados por corderitos.

Esto y mucho más encierra
esta rica y linda tierra.

CANCIÓN ESDRÚJULA

Una tarde de pasético
maté una lagartijítica,
y la maté de un palítico
con una vara sequítica.

Por lo finústico,
por lo simpático,
por lo poético
y democrático.

Entra la luna en tu cuártico
y con ella te diviértiques.
En ella te estás mirándico
con tu vestido celéstique.

Por lo esquelético
y por lo apático,
por lo frenético
te quiero tántico.

Quítate de esa ventánica,
no me seas ventanérica,
que las que andan en ventánicas
de ciento sale una buénica.

Por lo finústico,
por lo simpático,
por lo patético
te quiero tántico.

COPLERÍO

1

No se queje de su suerte
ni diga que el país es malo.
¿A qué se metió a correr
en un caballo de palo?

2

Sale el sol, sale la luna
con su varilla de plata.
Una madejita de oro
del lindo sol se desata.

3

Aquél que más alto sube
peor porrazo se da.
Por eso yo me subí
a una altura regular.

4

Cuando pasé por tu casa
me tiraste una batata.

No me vuelvas a tirar
que le avisaré a tu tata.

5

En la Cordillera
planté un arbolito
porque ahora se estila
querer muy poquito.

6

Ayer fui triste clavel
hoy soy florido zapallo.
Más vale un dichoso en burro
que un infeliz a caballo.

7

Vamos a la plaza
que hay mucho que ver:
caballitos blancos
hechos de papel.

8

Cuando me vine de Chile
a caballo de un mosquito
los cuyanos me decían:
—¡Qué caballo más bonito!

9

De la falda de aquel cerro
vino una piedra rodando.
Yo como era corajudo
di la vuelta disparando.

10

Esta cajita que toco
tiene boca y sabe hablar.
Sólo le faltan los ojos
para ayudarme a llorar.

11

Los paisanos de Santiago
cuando les llegan visitas
se reúnen en el patio
a cantar la vidalita.

12

Ya lo vemos al lechero
vender en la vecindad
mitad agua, mitad leche
a causa del temporal.

13

Quien bien tiene
y mal escoge,

si le va mal
no se enoje.

14

A mí me gusta lo blanco,
viva lo blanco, muera lo negro,
que lo negro es cosa triste
yo soy alegre y no lo quiero.

15

Ya viene el carnavalito
por la quebrada de Salta.
Dicen que trae una carta
para el domingo sin falta.

16

Yo soy Prudencio Otaiza,
de los pagos de Alfarcito.
De día no veio nada
de noche veio clarito.

17

Cuatro colores tiene
la luna en agua:
amarilla, celeste,
blanca y rosada.

18

En la puerta del cielo
venden zapatos
para los angelitos
que andan descalzos.

19

Con su permiso, señores,
voy a sacarme el sombrero
para tapar esta rosa,
que no la moje el sereno.

20

Chacarera, chacarera,
chacarera de Santiago,
cuando estés en Buenos Aires
no te olvides de tu pago.

21

Las palomitas del campo
nacieron para volar.
Mi corazón nació libre
y alegre para bailar.

22

Qué bonita es mi quebrada,
la quebradita de Lules

donde el pobre se divierte
bajo los cielos azules.

23

Aguacerito aguacero
no me mojís el sombrero.
A vos no te cuesta nada,
a mí me cuesta dinero.

24

El naranjito del patio,
cuando te acercas a él
se desprende de las flores
y te las echa a los pies.

25

En el medio de aquel río
hay una piedra filosa.
Cuando pisa mi caballo
retumban Chile y Mendoza.

26

Mis ojos están con sueño,
con ganitas de dormir.
Uno ya se me ha cerrado
y otro no lo puedo abrir.

27

Cuarenta y cinco limones
en una solita rama.
Ochocientos pasajeros
en un solo tren de carga.

28

En San Pedro nace el sol,
en Santa Clara la luna
y en el río Pilcomayo
nacen flores con fortuna.

29

Del agua mansa
me libre Dios
que de la brava
me libro yo.

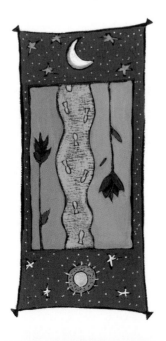

REFRANES SOBRE EL TIEMPO

Cerco en la luna,
agua en la laguna.

Viento del este,
lluvia como peste.

Si cantan los gallos
entre nueve y diez,
agua cierta es.

La neblina
del agua es madrina
y del sol vecina.

Norte claro, sur oscuro,
aguacero seguro.

A la tarde chilla el tero,
mañana cae l'aguacero.

COPLAS CARIÑOSAS

1

La nieve crece en invierno,
las plantas en el verano,
y el amor crece en el mundo
durante todito el año.

2

Amigos fuimos y somos,
amigos hemos de ser
y nuestra gran amistad
siempre ha de permanecer.

3

Como la flor en el bosque,
como la arena en el mar
nació en nuestros corazones
la verdadera amistad.

4

Cuando paso por tu casa
y asomadita no estás

voy acortando los pasos
para ver si te asomás.

5

Cuando paso por tu casa
y te veo en la ventana
se me alegra el corazón
para toda la semana.

6

Desde Santiago me vengo
cantando como el coyuyo
por ver si a mi corazón
lo puedo juntar al tuyo.

7

¿Qué le diré a este mocito
que me ha tratado de rosa?
Le diré que es un clavel
que en el aire se deshoja.

8

Cuando supe tu venida
se alegraron mis oídos.
Aunque no vengas a verme
me alegra que hayas venido.

9

De lejos te estoy queriendo,
de cerca con más razón,
y el rato que no te veo
se me parte el corazón.

10

La prueba de que te quiero
es que no te digo nada.
Los amores siempre nacen
con la lengua atravesada.

NANAS

1

Señora Santa Ana
¿por qué llora el Niño?
—Por una manzana
que se le ha perdido.

Levantate Juana
y encendé la vela,
andá a ver quién anda
por la cabecera.

—Son los angelitos
que van a la escuela
con zapatos blancos
y medias de seda.

2

Pajarito que duermes
  en la laguna,
no despiertes al niño
  que está en la cuna.

A dormir va la rosa
de los rosales.
A dormir va mi niño
porque ya es tarde.

Pajarito que cantas
junto a la fuente
cállate que mi niño
no se despierte.

3

Mi niño se va a dormir
con los ojitos cerrados
como duermen los jilgueros
arriba de los tejados.

4

Este niño lindo
no quiere dormir
porque no le dan
la flor del jazmín.

5

A la nanita nanita,
a la nanita de aquél
que llevó el caballo al agua
y lo trajo sin beber.

6

Este niño chiquito
 no tiene cuna.
De limonero verde
 yo le haré una.

7

A la rorro, mi niño,
mi niño duerme
con los ojos abiertos
como las liebres.

A la rorro, mi niño
mira a su madre.
Un ojo dice: mini,
y el otro: zape.

8

A la nanita nana
de San Clemente,
mi niño chiquitito
ya tiene un diente.

A la nanita nana,
duérmase pronto
que detrás de ese diente
le saldrá otro.

NEGRO FALUCHO

Negro Falucho
revienta cartuchos,
va al almacén,
pide la yapa,
no se la dan.
Va a la cocina,
rompe los platos
y le echa la culpa
a todos los gatos.

LA TARARA

Tiene la Tarara
unas pantorrillas
que parecen palos
de colgar morcillas.

La Tarara sí,
la Tarara no.
La Tarara, niña,
que la bailo yo.

Tiene la Tarara
unos pantalones
que de arriba abajo
todos son botones.

Tiene la Tarara
unos calzoncillos
que de arriba abajo
todos son bolsillos.

Tiene la Tarara
unos grandes rizos
que parecen suyos
pero son postizos.

Tiene la Tarara
un cesto de peras
que si se las pido
nunca me las niega.

Hila la Tarara
a ratos perdidos
unas veces lana
y otras veces lino.

Tiene la Tarara
un ramo de flores
puesto en una jarra
de diez mil colores.

COPLAS DE MENSAJERO

1

Tomo la pluma en la mano
con anhelo y voluntad,
por saber cómo te va,
ángel fino y soberano.

2

El día que yo me vaya
te escribiré de la loma
con la sangre de mis venas
en alas de una paloma.

3

Maldigo el saber leyer
y el no saber escrebir.
Con la pluma en el tintero
quiero y no puedo decir.

4

Papelito blanco,
andate volando,

si no te reciben
volvete llorando.

5

Aunque nadie sepa
tengo un mensajero
porque mis suspiros
los lleva el Pampero.

6

Palomita blanca
que pasas volando,
dile que me has visto
a solas llorando.

7

Esta carta te escribo
muy de mi modo:
con poquitas palabras
te digo todo.

8

Mira aquella pluma verde
que viene bajando el aire.
Con ella te escribiré
si me voy a Buenos Aires.

9

Al abrir este papel
te has de fijar con cuidado.
Dentro de él encontrarás
mi corazón retratado.

10

Una tarde estando triste,
triste sin saber qué hacer.
Se me vino a la memoria
el escribirte un papel.

11

En blanco papel te escribo
porque blanca fue mi suerte,
y en renglones dividido
porque de ti vivo ausente.

12

Palomita blanca
llenita de amor,
llevale un suspiro
para Nicanor.

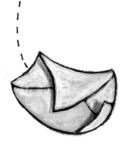

CANCIÓN EN ON DEL DUENDE

Es un hombrecito
petiso y panzón
con un sombrerote
y un largo bastón,
los ojos saltones,
el genio burlón,
que sale a la siesta
por el callejón
besando a las niñas,
corriendo al varón.

Derrama la leche,
apaga el carbón,
resala la sopa,
esconde el jabón,
y mil travesuras
que no hago mención.

Hay quienes lo han visto
por la población:
el duende le llaman,
mentiras no son.

ADIVINANZAS

1

Tiene dientes y no come,
tiene cabeza y no es hombre.

2

Arquita chiquita,
de buen parecer,
ningún carpintero
la ha podido hacer,
sólo Dios del cielo
con su gran poder.

3

¿Quién será ese que camina
de mañana en cuatro pies,
por la tarde sólo en dos
y por la noche con tres?

4

En alto vive,
en alto mora,
en alto teje
la tejedora.

5

Un platito de avellanas
que de día se recogen
y de noche se derraman.

6

Dos cristales transparentes,
tienen agua y no son fuentes.

7

Como a los perros me llaman
diciéndome: —¡Sal de aquí!
Y el mismo rey en persona
no puede pasar sin mí.

8

Juan Copete, Juan Copete,
nadie lo ve y en todo se mete.

9

Adivina quién soy:
cuando voy, vengo
y cuando vengo, voy.

10

No soy ave ni soy pez,
ni soy de la especie alada.

Y sin ser ave ni nada
soy ave y nada al revés.

11

¿Cuál es de los animales
aquel que tiene en su nombre
todas las cinco vocales?

12

Una casita con dos ventaniscos,
que si la miras te pones bizco.

13

Cuando me siento, me estiro.
Cuando me paro, me encojo.
Entro al fuego y no me quemo,
entro al agua y no me mojo.

14

Dos hermanas muy unidas
que caminan a un compás
con las piernas por delante
y los ojos para atrás.

15

Poncho duro por arriba,
poncho duro por abajo.

Patitas cortas,
cortito el paso.

16
¿Quién es este que se arrima
trayendo su rancho encima?

17
Salgo de la sala,
voy a la cocina,
meneando la cola
como la gallina.

18
Una vieja tinterilla
camina con las rodillas.

19
¿Quién es
el que bebe por los pies?

20
Una yegüita blanca,
salta cerros y barrancas
y no se manca.

RESPUESTAS

El ajo.
La nuez.
El hombre.
La araña.
Las estrellas.
Los ojos.
La sal.
El viento.
El cangrejo.
Eva y Adán.
El murciélago.
La nariz.
La sombra.
Las tijeras.
La tortuga.
El caracol.
La escoba.
La carretilla.
El árbol.
La luna.

COPLAS DE NOVIOS

1

El lunes doce
o el martes trece,
si nos casamos
¿qué te parece?

2

En el campo hay un yuyito
que le llaman toronjil.
Si me querís vamonós
para el Registro Civil.

3

Vos decís que me querís,
yo te quiero mucho más.
Hagamos un juramento:
no se olvidemos jamás.

4

Si quieres que yo te quiera
tres cosas debes tener:

buenos platos y cucharas
y qué darme de comer.

5

Paso ríos, paso fuentes,
siempre te encuentro lavando.
La hermosura de tu cara
el agua la va llevando.

6

En la puerta de mi casa
tengo una planta de té
y las hojitas me dicen
que me case con usté.

7

Me llaman azulerita
porque me gusta el azul.
Por más que el azul me guste
mucho más me gustas tú.

8

Cuando caigan las estrellas
y el río corra p'arriba
te dejaré de querer
si Dios me presta la vida.

9

Las horas que tiene el día
las he repartido así:
nueve soñando contigo
y quince pensando en ti.

10

Turroncito de alfeñique,
botón de pitiminí,
si no estás enamorada
enamorate de mí.

11

Chiquitita la novia,
chiquito el novio.
Chiquitita la sala
y el dormitorio.

Por eso quiero
chiquitita la cama
y el mosquitero.

LAS CINCO VOCALES

En el mar y no me mojo,
en brasas y no me abraso,
en el aire y no me caigo,
y me tienes en tus brazos.

(La A)

En medio del cielo estoy
sin ser lucero ni estrella,
sin ser sol ni luna bella.
¿A ver si aciertas quién soy?

(La E)

Soy un palito
muy derechito
y encima de la frente
tengo un mosquito.

(La i)

La última soy del cielo,
y en Dios el tercer lugar.
Siempre me ves en navío
y nunca estoy en el mar.

(La O)

El burro la lleva a cuestas
metidita en un baúl.
Yo no la tuve jamás
y siempre la tienes tú.

(La U)

MAÑANA ES DOMINGO

Mañana es domingo,
se casa Peringo
con un pajarito
de Santo Domingo.

¿Quién es la madrina?
Doña Catalina.
¿Quién es el padrino?
Don Juan Barrigón,
que toca la flauta
con la cola del ratón.

RESFRÍO

La
Tos
Nos
Da

A
Los
Dos
Ya.

—Paz,
Ve,
Haz

Té
Con
Ron.

EL MENTIROSO

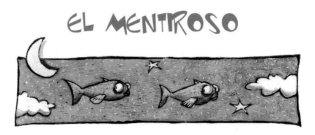

Ahora que andamos despacio
les voy a contar mentiras:
por el mar corren las liebres,
por el aire, las sardinas.

Hoy hace veinte mil años
que en la ciudad Nosedonde
me mandaron una carta
a las treinta de la noche.

Veinticinco cordobeses
salieron a la montaña
con fusiles y escopetas
a fusilar una araña.

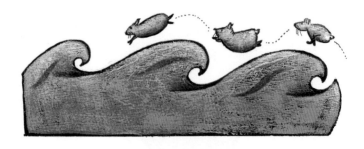

LA CANCIÓN DE LAS MENTIRAS

Quién dirá que ha visto
lo que he visto yo:
tres conejos en un árbol
tocando el tambor.
Que sí, que no,
que sí lo he visto yo.

Quién dirá que ha visto
lo que he visto yo:
un ratón besando al gato
a la sombra de un limón.
Que sí, que no,
que sí lo he visto yo.

Quién dirá que ha visto
lo que he visto yo:
dos gallinas y una zorra
en conversación.
Que sí, que no,
que sí lo he visto yo.

La canción de las mentiras
se acabó.

CARABÍN RUN RIN

En coche va una niña,
carabín,
hija de un capitán.
Carabín run rin,
carabín run ran.

¡Qué hermoso pelo tiene!
¿Quién se lo peinará?
Lo peinará la Reina
con mucha suavidad,
con peinecito de oro
y horquillas de cristal.

Carabín run rin,
carabín run ran.

EL CUENTO VIRUENTO

Había una vieja
virueja virueja
de pico pico tueja
de Pomporirá.

Tenía tres hijos
virijos virijos
de pico pico tijo
de Pomporirá.

Uno iba a la escuela
viruela viruela
de pico pico tuela
de Pomporirá.

Otro iba al estudio
virudio virudio
de pico pico tudio
de Pomporirá.

Otro iba al colegio
viregio viregio
de pico pico tegio
de Pomporirá.

Aquí termina el cuento
viruento viruento
de pico pico tuento
de Pomporirá.

MI GATITO

Mi gatito
se me fue
por la calle
San José.

Cuando vuelva
le daré
una taza
de café
  con
      pan
        francés.

EL SOL Y LA LUNA

El sol se llama Lorenzo
y la luna Catalina.
Andan siempre separados
por disgustos de familia.

El sol le dijo a la luna:
—No presumas demasiado,
que tu vestido de plata
de limosna te lo he dado.

El sol le dijo a la luna:
—Estoy peleado contigo
pasas la noche en la calle
con ladrones y bandidos.

 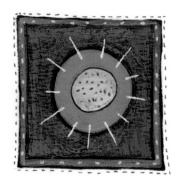

COPLAS CÓMICAS

1

Todas las mañanitas
del mes de enero
me amanecen las uñas
sobre los dedos.

2

A las orillas de un hombre
estaba sentado un río
afilando su caballo
y dando agua a su cuchillo.

3

De las aves que vuelan
me gusta el sapo
porque es petiso y gordo,
panzón y ñato.

4

Asomate a la vergüenza,
cara de poca ventana,
y dame un jarro de sed
que me estoy muriendo de agua.

5

¿Qué querís que te traiga
de Cafayate?
Una burra cargada
de chocolate.

6

Si hubieras venido antes
habrías visto bailar a los gigantes.
Pero como no has venido,
han bailado y se han ido.

7

Esa niña que baila,
baila con hambre.
Maten un perro flaco,
denle matambre.

8

Chacarera, chacarera,
chacarera de Ayacucho.
¿Por qué prendés un cigarro
si después tirás el pucho?

9

Esa niña que baila,
baila en ayunas.
Maten unas gallinas,
denle las plumas.

10

La rana le dijo al sapo:
—Andate de aquí, cargoso.
Y va el sapo y le contesta:
—Cargoso pero buen mozo.

11

Para subir al cielo
se necesita
una escalera larga
y otra chiquita.

12

Anoche se volvió loca
mi hermanita Beatriz
porque se encontró la boca
debajo de la nariz.

13

Al pasar por Huanchaca
me pinché un dedo.
Vino una huanchaqueña,
me ató un pañuelo.

14

Un diablo se cayó al agua
y otro diablo lo sacó,
y otro diablo le decía:
—¿Cómo diablos se cayó?

15

Quisiera pasar el río
encimita de un tomate
y decirle a mi changuito:
—Ya'sta l'agua, dame mate.

16

En el medio de la mar
suspiraba un elefante
y en el suspiro decía:
—Pa'delante, pa'delante.

17

En el medio de la mar
suspiraba un tero-tero
y en el suspiro decía:
—Qué lindo es vivir soltero.

18

Yo soy del barrio del río,
y el barrio'e los bochincheros.
Cuando no bochincho yo
bochinchan mis compañeros.

19

Del cielo bajó un pintor
para pintar tu hermosura,
y al ver un bicho tan fiero
se le hizo agua la pintura.

20

Un ciego le dijo a un mudo:
—Mira esa araña que va.
Y un sordo le dijo al ciego:
—Oigo los pasos que da.

21

Antes, cuando te quería,
te peinabas a menudo.
Ahora que ya no te quiero
pareces caschi[1] lanudo.

22

Cuando voy a buscar agua
me gusta quedarme un rato
haciendo cantar las ranas
para que bailen los sapos.

23

Cuando pasé por tu casa
había un cuero colgado.
Yo le dije: —Buenas tardes.
Y el cuero quedó callado.

---

[1] Caschi: perro.

24

Tienes el cabello negro
y muy negras las pestañas.
Y negras tienes las manos
porque nunca te las lavas.

25

Allá arriba no sé dónde,
en casa número tanto,
se vende no sé qué cosa
que vale yo no sé cuánto.

26

Había una empanadera
en el pueblo de Junín
que hacía las empanadas
con afrecho y aserrín.

27

Al cuerpo dale de todo,
decía doña Rosario,
pero si pide trabajo
dale todo lo contrario.

28

—Señora, dice mamita
que le dé los buenos días
y le mande la gallina
que le robó el otro día.

29

Yo tengo dos camisitas
para salir a pasear:
una que me han ofrecido
y otra que me están por dar.

30

En la puerta del cielo
está San Pedro,
en un plato de sopa
metiendo el dedo.

31

Si me querís conocer
pasate por mi jardín.
Allí está mi nombre escrito
en la hoja de un jazmín.

32

En el campo hay una flor
que le llaman la violeta.
A los tontos como vos
se les cuelga la galleta.

33

Llevan preso a un santiagueño
en el Paso de Las Juntas
porque había hallado un lazo
con un caballo en la punta.

34

En la punta de aquel cerro
tengo una silla dorada
pa'que se siente mi novio
con corbata colorada.

35

Qué haremos, compañerito,
con tanta gente sentada.
Parecen zapallo helado
de la cosecha pasada.

36

Recién vengo llegando
de La Calera,
donde limpian el mate
con la pollera.

37

Si en tu puerta se para
un perro flaco,
tratalo con cariño
que es tu retrato.

38

Vuela el chimango y el tero
y también el picaflor,
y si los pavos volaran
también volarías vos.

39

Aquí me manda mi mama
que les dé las buenas noches,
y si no han visto pasar
una lagartija en coche.

40

Por el ojo de una aguja
pasó un avestruz corriendo.
Si no me quieren creer,
un ciego lo estuvo viendo.

41

Al joven enamorado
se lo conoce en los ojos
porque tiene la mirada
como gato con anteojos.

42

En el tronco de un chañar
hay un quirquincho sentado
fumando cigarro de hoja,
firmando un certificado.

43

A la puerta del cielo
llega un serrano
y San Pedro le dice:
—Pase, paisano.

44

En tiempo de los apóstoles
los hombres eran muy barbáros.
Se subían a los arbóles
y se comían los pajáros.

45

A orillas de una laguna
sacó la cabeza un bagre
y gritó con valentía:
—Vuelvan mejor a la tarde.

EL CONDE OLINOS

Madrugaba el conde Olinos
mañanita de San Juan
a dar agua a su caballo
a las orillas del mar.

Mientras su caballo bebe
canta un hermoso cantar.
Las aves que iban volando
se paraban a escuchar.

DON GATO

Estaba el señor Don Gato
sentadito en su tejado,
calzado de media blanca
y moñito colorado,

cuando recibió noticias
que debía ser casado
con una gata montesa
sobrina de un gato pardo.

Don Gato de la alegría
se cayó tejado abajo.
Se rompió siete costillas
y la puntita del rabo.

Ya vienen a visitarlo
doctores y cirujanos.
Unos dicen: Bueno bueno...
Y otros dicen: Malo malo...

Que traigan al señor cura
para que confiese al gato,
y que haga su testamento
por lo mucho que ha robado:
cuatro quesos, dos morcillas
y un chorizo colorado.

La gata se pone luto.
Los gatos, capotes largos,
y unos buenos funerales
le hacen al señor Don Gato.

Los ratones, de contento,
se visten de colorado,
y celebran una fiesta
por la muerte del tirano.

Ya lo llevan a enterrar
por la calle del Pescado,
y el olor de las sardinas
al Gato ha resucitado.

Por eso dice la gente:
siete vidas tiene el gato.

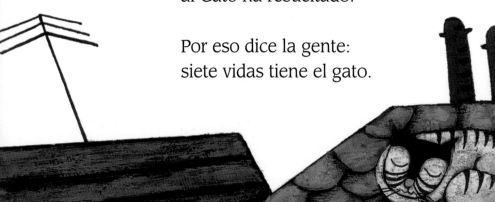

ESTABA LA NIÑA LINDA

Estaba la niña linda,
estaba la blanca flor
sentada en su ventanita
bordando en su bastidor.

Entonces pasó Carlitos,
hijo del emperador,
tocando su guitarrita,
cantando versos de amor.

COPLAS DE POBRES

1

Al pobre le ponen banco,
al rico le ponen silla.
Al rico le dan chorizo,
al pobre le dan morcilla.

2

En el cielo manda Dios,
en el infierno quien puede
y en esta vida emprestada
aquel que dinero tiene.

3

Si un pobre está de visita
y llega un rico a pasar
le dicen al pobrecito:
—Levantate y da lugar.

4

Yo soy un pobre viejito
que vivo de mi trabajo,
arrastrando las cadenas,
calle arriba, calle abajo.

5

Alegre es la vida'el rico
porque tiene qué gastar.
Las alegrías de un pobre
son anuncios de un pesar.

6

Al pobre todos lo miran
con un desprecio infinito.
Parece que en este mundo
el ser pobre es un delito.

7

Más pobre soy que una rata
y así me habrás de querer.
Yo no te ofrezco grandezas
sino mi buen proceder.

8

Yo desprecio a muchos ricos
por pobres de corazón.
El pobre es humilde y tiene
respeto y amor a Dios.

PALOMITA EN LA PLAYA

A la orilla del mar
canta una paloma.
Dulcemente canta,
tristemente llora,
dulcemente canta
la blanca paloma.

Se van los pichones
y la dejan sola.

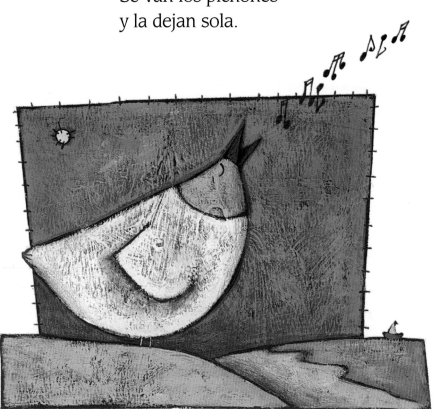

¡AY, QUE ME DUELE UN DEDO!

Ay, que me duele un dedo.
Ay, que me duelen dos.
Ay, que me duele el alma,
el alma y el corazón.

Suspiraba una niña,
yo me asomé al balcón:
la jaula estaba abierta
y el pájaro voló.

El pájaro era verde,
las alas de color,
y en el pico una carta
en que decía: Amor.

A LA RUEDA LA BATATA

A la rueda la batata
comeremos ensalada
como comen los señores
naranjitas y limones.

Arropé, arropé,
sentadito me quedé.

CUCARACHITAS

—Mariquita, María,
¿dónde está el hilo?

—Madre, las cucarachas
se lo han comido.

—Niña, tú mientes,
que las cucarachitas
no tienen dientes.
Anda, embustera,
que las cucarachitas
no tienen muelas.

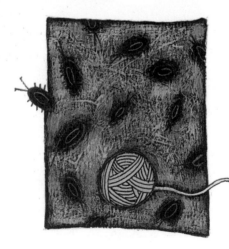

COPLAS PARA MAMÁ Y PAPÁ

Las estrellitas del cielo
que están alumbrando a Dios
nunca habrán querido tanto
como yo te quiero a vos.

Arriba de la ventana
quisiera pintar el sol,
más abajito la luna
y en medio tu corazón.

Si el cielo fuera papel
y el océano un tintero,
no alcanzaría a escribir
lo mucho que yo te quiero.

LOS VEINTE RATONES

Arriba y abajo,
por los callejones,

pasa una ratita
con veinte ratones.

Unos sin colita
y otros muy colones.

Unos sin orejas
y otros orejones.

Unos sin patitas
y otros muy patones.

Unos sin ojitos
y otros muy ojones.

Unos sin narices
y otros narigones.

Unos sin hocico
y otros hocicones.

Pasó una ratita
con veinte ratones.

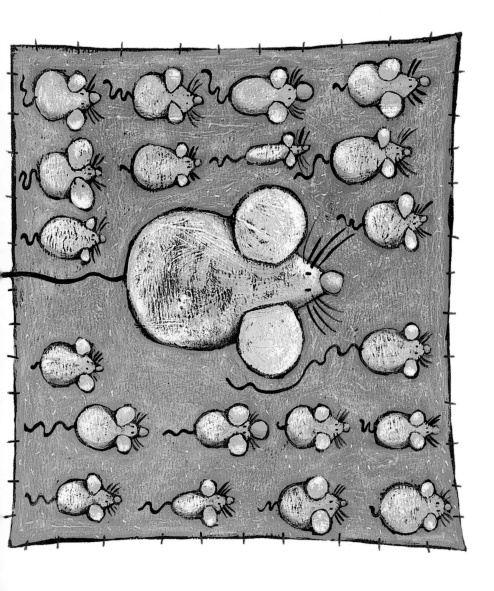

UNA PALOMITA

Una palomita
que yo la crié,
viéndose con alas
volando se fue.

La dejé solita,
volví y no la hallé.
Como la quería,
tras ella volé.

Encontré un señor
y le pregunté:
—¿A mi palomita
no la ha visto usté?

El señor me dijo:
—Escuchame bien,
que tu palomita
para allá se fue.

Yo le había hecho
su jaula de oro.
La vez que la miro
me da pena y lloro.

UN SUEÑO

Soñé que había dos globos,
a uno de ellos me subí,
y al rato me fui de aquí
en un viaje de dos años.

Me llevó a un país extraño
donde los perros volaban
y las gallinas hablaban
de un modo muy singular.
Los gatos sabían bailar
y los búhos se afeitaban.

Había zorros pintores
y mosquitos albañiles,
zapateras alguaciles
y comadrejas modistas.
Había chinches artistas,
bordador un dromedario,
carnicero era un canario,
un tigre era encerador,

un cangrejo era doctor
y un tiburón boticario.

Una chancha muy coqueta
se casó con un zorrino
y sirvieron de padrinos
la paloma y el zorzal;
un hermoso pavo real
era el cura en la ocasión.

Sacristán un lechuzón
que se mataba de risa
al ver la chancha en camisa
y el zorrino en camisón.

Entonces voy caminando
y me llego hasta el festín:
un mono toca el violín,
la flauta una cucaracha,
clarinete una vizcacha
y el mandolín un ratón.
Un lagarto el acordeón,
la trompeta una gallina,
un loro la concertina
y un caballo el bandoneón.

Treinta parejas bailaban
en una sala espaciosa,
una linda mariposa
con un piojo compadrito
bailaban puro tanguito
con requiebro y con quebrada.
Había una pulga enojada
que sentadita decía
que tenía antipatía
a un perro que la miraba.

EL VIRREY SOBREMONTE

¿Ves aquel bulto lejano
que se pierde atrás del monte?
Es la carroza del miedo
con el Virrey Sobremonte.

La invasión de los ingleses
le dio un susto tan cabal
que buscó guarida lejos
para él y su capital.

Al primer cañonazo
de los valientes
disparó Sobremonte
con sus parientes.

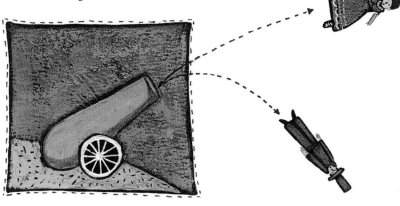

COPLAS DE PATRIOTAS

I

Yo no soy unitario
ni federal.
Sólo soy enemigo
del que hace mal.

2

Un gaucho lindo cantaba
con su guitarra a caballo:
¡Viva la Patria y que viva
el 25 de Mayo!

3

De aquel cerro verde
baja la neblina.
Que viva, que viva
la Patria Argentina.

4

En la puerta de mi casa
tengo un letrero de plata
que a todos está diciendo
que siempre viva la Patria.

5

Manuel me dio una cinta,
Belgrano me dio un cordón.
Por Manuel yo doy la vida,
por Belgrano el corazón.

6

Allí viene San Martín
con toditos sus soldados.
Sableando va al enemigo
con el brazo levantado.

7

¡Adiós, Jujuicito, adiós,
te dejo y me voy llorando!
La despedida es muy corta,
la ausencia quién sabe cuándo.

8

¿Quién vive? —La Patria.
—¿Gente? —Paisanos.
¿Quién vive? —Sus hijos,
los americanos.
¿Quién vive? —La Patria.
—¿Gente? —Patricia,
trayendo banderas
para las milicias.

9

Palomita, palomita,
palomita de la Puna.
A Belgrano lo vencieron
en la pampa de Ayohuma.

VIDALITA DE LA INDEPENDENCIA

Palomita blanca
de mi corazón
se marchó a la guerra
contra el español.

Ojalá aunque tarde
vuelva vencedor
para que se calme
este corazón.

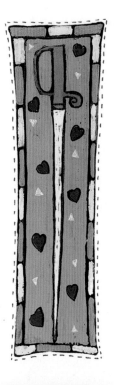

COPLAS DE SOLDADOS

1

Al sonido del clarín
relumbraron los aceros:
nos hicimos granaderos
de José de San Martín.

2

Por defender a mi Patria
a mi madre abandoné.
¡Qué pena pasa el que tiene
dos madres que defender!

3

El 14 de febrero,
qué fecha tan desgraciada,
me tomaron prisionero
a la hora menos pensada.

4

Yo no le temo a la muerte
aunque la encuentre de frente.
Sin la voluntad de Dios
la muerte no mata gente.

5

Adelante, adelante,
bravo argentino,
no le tema a las balas
sino al destino.

6

Si Dios me presta la vida
y el Arcángel Rafael,
voy a buscar a Lavalle
para pelearme por él.

COPLAS DE UNITARIOS

Ay cielo, cielito y cielo,
cielito de despedida.
Muera Rosas y seremos
libres por toda la vida.

Debajo de mis almohadas
tengo una cinta muy lisa
con letras de oro que dicen:
"Viva el general Urquiza".

¿Qué te hiciste, libertad,
en qué país te buscamos?
Sin ti no puedo existir
bajo el yugo del tirano.

Viva el sol, viva la luna,
muera la cinta punzó.
Viva la celeste y blanca,
muera la Federación.

Ya se ha ido la mazorca,
ya la fueron a enterrar.
Por poca tierra que le echen
ya no se ha de levantar.

Ay, caña cañita,
ay cañaveral.
Más vale ser perro
y no federal.

A los mazorqueros
les quisiera dar
su merecido
por el costillar.

La bandera de sangre,
triste divisa,
se deshizo en Caseros.
¡Que viva Urquiza!

La espada del gaucho Rosas
ya viene por el Japón
  por el sanchinchín
  por el sanchinchón,
para defender con ella
su bruta Federación.
  Diga usted que sí
  si él dice que no.

COPLAS DE FEDERALES

Unitaria que se ponga
vestido celeste o verde
será tusada a cuchillo
para que siempre se acuerde.

Cielito y cielo nublado
por la muerte de Dorrego.
Enlútense las provincias,
llore cantando este cielo.

Que vivan los federales
y viva el Restaurador,
y viva doña Manuela,
viva la Federación.

Alrededor del sombrero
tengo una cinta punzó
con letras de oro que dicen:
"¡Viva la Federación!".

En la puerta de mi casa
tengo una silla dorada
pa' que se siente Quiroga
con la cinta colorada.

Dejala que venga,
dejala llegar.
Si ella es unitaria
yo soy federal.

Reciba mi don Fulano
cinta colorada y fuerte.
Tiene un letrero que dice:
"Federal hasta la muerte".

Soy de los escoltinos[1]
de don Juan Manuel.
Donde clavo mi lanza
revienta un clavel.

El que sea de pa'juera
que me preste su atención:
Aquí están los federales,
viva la Federación.

[1] De la escolta.

LA NEGRITA FEDERAL

Yo me llamo Juana Peña
y tengo por vanidad
que sepan todos que soy
negrita muy federal.
Negrita que manda fuerza
y no negrita pintora,
porque no soy de las que andan
como pluma voladora.

Negrita que en los tambores
ocupo el primer lugar,
y que todos me abren cancha
cuando yo salgo a bailar.
Pero ya que me he chiflado
por meterme a gacetera,
he de hacer ver que, aunque negra,
soy patriota verdadera.

Yo, por desgracia, no tengo
hijos, padre ni marido

a quien poderles decir
que sigan este partido.
Pero tengo a mis paisanos,
los Negritos Defensores,
que escucharán con cuidado
estas fundadas razones.

Patriotas son, y de fibra,
de entusiasmo y de valor,
defensores de las Leyes
y de su Restaurador.

Sólo por don Juan Manuel
han de morir y matar,
y después, por lo demás,
mandame, mi general.
Mandame, mi general,
le han de decir al traidor
que los quiere hacer pelear
contra su Restaurador.
Mandame, mi general,
se lo dice Juana Peña,
mandame, mi general,
esta negrita porteña.

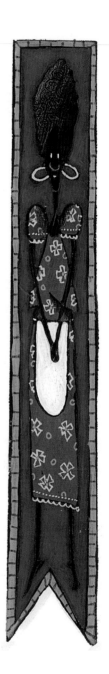

EL CHACHO

El general Peñaloza
andaba muy descuidado.
Cuando salió para afuera
se vio de gente rodeado.

El general Peñaloza
no tuvo más que decir:
—Perdón le pido a mi Dios
como que voy a morir.

Peñaloza se murió,
derechito se fue al cielo,
y como lo vio celeste
se volvió para el infierno.

Dicen que el Chacho se ha muerto,
ya lo llevan a enterrar.
Tengan cuidado, señores,
no vaya a resucitar.

VILLANCICOS DE NAVIDAD

1

En el portal de Belén
hay estrellas, sol y luna,
la Virgen y San José
y el Niño que está en la cuna.

2

En el portal de Belén
hay una piedra redonda
donde se trepa el Señor
para subir a la gloria.

3

En el portal de Belén
hay un arca chiquitita
donde se viste el Señor
para salir de visita.

4

Los pastores de Belén
llevaban haces de leña
para calentar al Niño
que nació en la Nochebuena.

5

En el portal de Belén
gitanillos han entrado
y al Niño que está en la cuna
los pañales le han robado.

6

San José al Niño Jesús
un beso le dio en la cara
y el Niño Jesús le dijo:
—¡Que me pinchas con tus barbas!

7

¿Y al niño bonito
qué le regalaré?
Un conejito
que ayer pillé.

Es muy mansito,
no sabe morder.
Aquí se lo traigo
para que juegue con Su Merced.

8

Palomita blanca,
palomita azul,
tiéndanle la cama
al Niño Jesús.

9

Señora, yo he visto un Niño
más hermoso que el sol bello.
Le diré que tiene frío
porque es pobre y anda en cueros.

10

El Niño Dios se ha perdido
y en el cielo no aparece.
Está a la orilla del río
consultando con los peces.

11

En el portal de Belén
hay un espejo cuadrado
donde se mira el Señor
con la Virgen a su lado.

12

San José mira a la Virgen,
la Virgen mira a José,
el Niño mira a los dos
y se sonríen los tres.

13

Ha llegado el Niño Dios,
todos le ofrecen su don.
Como yo no tengo plata
le ofrezco mi corazón.

14

La Nochebuena se viene,
la Nochebuena se va.
La alegría de esta noche
nadie nos la quitará.

15

La Virgen lava pañales
y los tiende en el romero.
La Virgen es lavandera
y San José carpintero.

16

Mamita María,
Tatita José,
préstenme al Niñito,
yo lo adoraré.
Mañana o pasado
lo devolveré.

17

Esta noche nace el Niño
entre la paja y el hielo.
Quién pudiera, Niño hermoso,
vestirte de terciopelo.

18

La Virgen y San José
fueron a lavar al río
y en una cesta de flores
llevan al Niño metido.

19

La Virgen se está peinando
debajo de una palmera.
El peine es de plata fina,
las cintas de primavera.

20

En el portal de Belén
hay un niño barrigón
con un lucero en la mano
echando la bendición.

21

Del árbol nació la rama,
y de la rama la flor,
de la flor nació María,
de María el Redentor.

LA VIRGEN VA CAMINANDO

La Virgen va caminando
caminito de Belén;
como el camino es tan largo
al Niño le ha dado sed.

La Virgen le dice al Niño:
—No tomes agua, mi bien,
que esas aguas corren turbias
y no son para beber.

Camino para San Pedro
topan con un naranjel.
El dueño de los naranjos
es un ciego, nada ve.
La Virgen le dice al ciego:
—Tú, ciego que nada ves,
dale una naranja al Niño
para que apague su sed.

Contesta el ciego y le dice:
—Corta las que has menester.
Mientras cortaba la Virgen
más volvía a florecer.
Con la bendición, el ciego
abre los ojos y ve:
—¿Y quién será esta Señora
que me hace tanto bien?
Sin duda será María
que se va para Belén.

AHÍ VIENE LA VACA

Ahí viene la vaca
por el callejón
trayendo la leche
para el Niño Dios.

Ahí viene la negra
por el callejón
juntando huevitos
para el Niño Dios.

Ahí viene la vieja
por el callejón
juntando florcitas
para el Niño Dios.

Adiós, mi Niñito,
boquita'e coral,
ojitos de estrellas
que alumbran el mar.

Adiós mi Niñito,
p'al año hei volver
trayendo en la mano
un lindo clavel.

A LAS DOCE DE LA NOCHE

A las doce de la noche
cayó un marinero al agua.
Lucifer, que nunca duerme,
le gritó de la otra banda:

—Marinero ¿qué me das
si yo te saco del agua?
—Yo te doy mis tres navíos
cargados con oro y plata.

—Yo no quiero tus navíos
ni tu oro ni tu plata;
yo quiero que cuando mueras
a mí me entregues el alma.

—Yo el alma la entrego a Dios,
y el cuerpo al agua salada,
y el corazón que me queda
a la Virgen soberana.

ROMANCE DE LA ESPOSA FIEL

Estaba Catalinita
sentada bajo un laurel,
con los pies en la frescura
viendo las aguas correr.

En eso pasó un soldado
y lo hizo detener.
—Deténgase, mi soldado,
que una pregunta le haré.

—¿Qué mandáis, gentil señora,
qué me manda su merced?
Para España es mi partida,
¿qué encargo le llevaré?

—Dígame, mi soldadito,
¿de la guerra viene usted?
¿No lo ha visto a mi marido
en la guerra alguna vez?

—Si lo he visto no me acuerdo,
deme usted las señas de él.
—Mi marido es alto y rubio
y buen mozo igual que usted.
Tiene un hablar muy ligero
y un ademán muy cortés.
En el puño de su espada
tiene señas de marqués.

—Por sus señales, señora,
su marido muerto es:
en la mesa de los dados
lo ha matado un genovés,
por encargo me ha dejado
que me case con usted,
que le cuide sus hijitos
como los cuidaba él.

—¡No me lo permita Dios,
eso sí que no lo haré!
Siete años lo he esperado
y siete lo esperaré.
Si a los catorce no vuelve
de monja yo me entraré.

A mis tres hijos varones
los mandaré para el rey;
que le sirvan de vasallos
y que mueran por la fe.
A mis tres hijas mujeres
conmigo las llevaré.

—¡Calla, calla, Catalina,
cállate, infeliz mujer!
¡Hablando con tu marido
sin poderlo conocer!

DATOS BIOGRÁFICOS DE MARÍA ELENA WALSH

Fotografía Sara Facio

Poeta, novelista, cantante, compositora, guionista de teatro, cine y televisión, es una figura esencial de la cultura argentina. Nació en Buenos Aires, en 1930.

Estudió en la Escuela Nacional de Bellas Artes. A los quince años comenzó a publicar sus primeros poemas en distintas revistas y medios, y dos años después, en 1947, apareció su primer libro de versos: *Otoño imperdonable*. En 1952 viajó a Europa donde integró el dúo Leda y María, con la folclorista Leda Valladares, y juntas grabaron varios discos. Hacia 1960, de regreso a la Argentina, escribió programas de televisión para chicos y para grandes, y realizó el largometraje *Juguemos en el mundo*, dirigida por María Herminia Avellaneda. En 1962 estrenó *Canciones para Mirar* en el teatro San Martín, con tan buena recepción por parte del público infantil que, al año siguiente, puso en escena *Doña Disparate y Bambuco*, con idéntica respuesta. En la misma década, nacieron muchos de sus libros para chicos: *Tutú Marambá* (1960), *Zoo Loco* (1964), *El Reino del Revés* (1965), *Dailan Kifki* (1966), *Cuentopos de Gulubú* (1966) y *Versos tradicionales para cebollitas* (1967). Su producción infantil abarca, además, *El diablo inglés* (1974), *Chaucha y Palito* (1975), *Pocopán* (1977), *La nube traicionera* (1989), *Manuelita ¿dónde vas?* (1997) y *Canciones para Mirar* (2000).

Sus creaciones se han constituido en verdaderos clásicos de la literatura infantil, cuya importancia trasciende las fronteras del país, ya que han sido traducidas al inglés, francés, italiano, sueco, hebreo, danés y guaraní.

Entre sus personajes más famosos se destaca *Manuelita la tortuga*, que fue llevado al cine en dibujos animados con gran éxito.

En 1991 fue galardonada con el Highly Commended del Premio Hans Christian Andersen de la IBBY (International Board on Books for Young People).

ÍNDICE

ESTA OCTAVA REIMPRESIÓN DE
VERSOS TRADICIONALES PARA CEBOLLITAS
SE TERMINÓ DE IMPRIMIR
EN EL MES DE ENERO DE 2008
EN EDITORIAL IMPRESORA APOLO
CENTENO 162, COL. GRANJAS ESMERALDA
DELEGACIÓN IZTAPALAPA, C. P. 09810 MÉXICO, D. F.